AF358345

CATALOGUE

DES

OBJETS DE CURIOSITÉ

Bronzes — Cuivres — Sculptures — Horloges — Ivoires

PORCELAINES ET FAIENCES

Argenterie — Bijoux — Objets de vitrine — Miniatures

OBJETS DE L'EXTRÊME-ORIENT

Jades — Agates — Ivoires — Laques
Bronzes — Divinités en bois sculptés — Kakémonos

Cadres — Ustensiles de peintre — Mannequins

ÉTOFFES ANCIENNES

DONT LA VENTE AURA LIEU

HOTEL DROUOT, SALLE N° 3

Le Vendredi 11 Mai 1888

A 2 HEURES

Mᵉ PAUL CHEVALLIER	**M. CHARLES MANNHEIM**
COMMISSAIRE-PRISEUR	EXPERT
10, rue de la Grange-Batelière, 10	7, rue Saint-Georges, 7

EXPOSITION PUBLIQUE

Le Mercredi 9 Mai 1888, de 1 heure à 5 heures.

CONDITIONS DE LA VENTE

Elle sera faite *expressément* au comptant.

Les acquéreurs payeront en sus des enchères *cinq pour cent*, applicables aux frais de la vente.

L'exposition mettant le public à même de se rendre compte de l'état et de la nature des objets, il ne sera admis aucune réclamation une fois l'adjudication prononcée

Paris. — Imp. de l'Art E. Ménard et Cie. 41. rue de la Victoire

DÉSIGNATION DES OBJETS

PORCELAINES — FAIENCES

1 — Deux tasses droites avec soucoupes en vieux Sèvres, pâte tendre, à décor de roses.

2 — Salière double en Sèvres, pâte dure.

3 — Deux vases en porcelaine d'Orléans, un bol et un sucrier en Japon, et un vase Louis XVI en porcelaine blanche.

4 — Pot à eau, bassin, petit soulier en faïence et plaque en faïence.

5 à 8 — Porcelaine de Chine. Flacons-tabatières, petits vases, boîtes, tasses, figurines et objets d'étagère.

9 à 11 — Blanc de Chine. Six statuettes, divinités, magots, en porcelaine.

12 — Groupe de deux cigognes sur terrasse émaillée violet.

13 — Deux bouteilles, Chine moderne, à figures et fleurs, avec bande d'encadrement rouge et or.

14 — Deux vases fond brun, décor à lambrequins rouge et or.

15 à 29 — Porcelaine de Chine et du Japon. Coupes, compotiers, bols, vases, tasses et soucoupes, etc.

30 — Quatre pièces : tasse avec soucoupe, boîte ovale en Saxe, coquetier en Sèvres, figurine en Berlin.

31 — Saxe. Chien épagneul émaillé blanc et noir.

32 — Deux plats et quatre assiettes à marlis ajourés, en porcelaine de Saxe.

33 — Salière double et salière ovale, même porcelaine.

34 — Deux assiettes en Delft, décorées en bleu, et un plat à feuillages polychromes.

35 — Canette de grès gris à rinceaux émaillés bleu.

36 — Deux assiettes de Frankenthal, à décor simulant des gravures sur un fond de bois.

37 — Tasse lobée et soucoupe à figures et ornements en blanc de Chine.

38 — Huilier et burettes en faïence.

39 — Statuette de divinité en grès du Japon, émaillé en couleur avec rehauts d'or.

40 — Chantilly. Quatre assiettes à fleurettes, en bleu.

41 — Strasbourg. Plat et deux assiettes.

42 — Deux assiettes en Moustiers, décor en camaïeu.

43 — Sucrier adhérent au plateau, en porcelaine de Locré, à fleurs.

44 — Deux vases en porcelaine de Chine, avec monture de bronze. Style Louis XV.

ARGENTERIE, OBJETS DE VITRINE

45 — Cafetière de forme Louis XVI, en argent gravé, sur trois pieds.

46 — Deux salières Empire et deux pelles à sel, en argent.

47 — Montre du XVIIIe siècle, en argent, à double boîtier repoussé, à figures et rocailles.

48 — Montre ancienne à boîtier d'argent uni.

49 — Coffret rectangulaire en écaille incrustée d'or, de l'époque Louis XV.

50 — Deux pièces : petit reliquaire Louis XV, en argent repoussé, et clef en argent.

51 — Coupe ovale à bord festonné et à deux anses, en argent repoussé et doré.

52 — Bas-relief en bois sculpté : la Sainte Famille entourée d'anges.

53 — Petit éventail hollandais en ivoire, décoré au vernis.

54 — Éventail Louis XV en ivoire, avec feuille représentant un tournoi de dames dans la cour d'un palais.

55 — Miniature ovale : Portrait de femme, en robe blanche, portant un diadème. Premier Empire.

56 — Miniature ovale de même époque : Portrait de femme, en robe blanche et écharpe rouge. Signée Horneman, 1802.

57 — Miniature ovale : Portrait de femme, dans un cadre en ivoire sculpté.

58 — Sifflet en ivoire sculpté, à décor de chiens de chasse et emblèmes. Époque Louis XV.

59 — Cachet tournant en acier, à triple armoirie. XVIIe siècle.

60 — Miniature en grisaille : l'Amour et l'Amitié. Signée Gaulard.

61 — Cinq pièces : fixés, dessus de boîte en ivoire, petit tableau flamand : le Violoneux.

62 — Petit bronze de Fremiet : Poules et Poussins.

63 — Petit flambeau de cuivre gravé. Style vénitien.

64 — Vase style japonais à couvercle en bois.

65 — Deux pièces : fourreau en cuir gaufré et coffret en laque.

66 — Étui Louis XVI en ivoire, à médaillons dorés sous verre.

67 — Deux corbeilles indiennes en bois de santal sculpté.

68 — Deux plats en fonte ajourée et trois patères de l'Empire à col de cygne en bronze doré.

69 — Deux pièces : miniature à l'huile, portrait de femme, époque Louis XIII, et médaillon exécuté en plumes et représentant des oiseaux.

OBJETS DE L'EXTRÊME-ORIENT

70 à 72 — JADE. Figurines, plaquettes et ornements d'applique de travail chinois.

73 à 75 — AGATE, ambre, pierre de lard. Cachets, figurines, amulettes, fruits, ornements.

76 — IVOIRE. Poignard japonais à poignée et fourreau en ivoire sculpté.

77 — IVOIRE. Carnet à feuillets d'ivoire et petit cadre à ornements dorés.

78 — IVOIRE. Coupe-papier à poignée sculptée et manche d'ombrelle décoré d'insectes en incrustations de nacre.

79 à 82 — Ivoire. Groupes, figurines, netskés, Luu-
tons et petits objets chinois et japonais.

83 — Émail peint de Chine. Boîtes, épingles, ornements.

84 — Kakémonos. Environ quinze kakémonos sous
ce numéro.

85 — Laque. Deux boîtes rondes, fond rouge et ornements dorés.

86 — Laque. Porte-cigares, coffret, plateau à fond
noir et décor en dorure.

87 — Bronze. Petits bougeoirs et boîte incrustés d'argent.

89 à 93 — Bois sculpté, peint et doré. Six statuettes
de divinités indiennes.

94 — Bois sculpté. Lots de figurines, statuettes, chi-
mères en bois peint et doré.

95 — Panneaux chinois. Bois sculpté ; autres du Ton-
kin décorés d'incrustations de nacre.

96 — Peintures chinoises sur papier, étoffes brodées
et divers objets de l'Extrême-Orieut.

97 — Narghilé persan, sur pied en cuivre gravé et
étamé.

98 — Tuyaux de pipes, fourneaux et accessoires.

OBJETS VARIÉS

99 — Petit métier à broderie Louis XVI, s'adaptant sur une table.

100 — Surtout de table en plaqué anglais.

101 — Trois réchauds : deux ronds, un ovale.

102 — Portefeuille contenant la galerie des peintres, par Chabert, avec pl.

103 — Deux boîtes à gants.

104 — Deux écrans pare-étincelles.

105 — Deux pistolets de poche et un revolver.

106 — Aiguière et bassin de marbre blanc.

107 — Mandoline à caisse côtelée, manche et table plaqués d'écaille.

108 — Seau en cuivre rouge, repoussé à godrons.

109 — Petite coupe ovale lobée en bronze, décorée de figures à l'intérieur et à l'extérieur.

110 — Encrier triangulaire en bronze. Style italien de la Renaissance.

111 — Petit tableau en mosaïque de pierres dures, représentant deux Turcs. Cadre en bronze ciselé et doré.

112 — Lot d'ornements de meubles en bronze doré.

113 — Pot à surprise, à décor bleu, en faïence de Delft.

114 — Deux figurines funéraires égyptiennes.

115 — Jardinière persane en cuivre gravé et étamé.

116 — Chauffe-mains en cuivre ajouré.

117 — Petit modèle de navire.

118 — Jeu de cartes ancien.

119 — Éventail Louis XV, à monture d'ivoire.

120 — Deux pièces : ancienne boussole en ivoire, et poignard espagnol.

121 — Coffret en acier Louis XVI.

122 — Petite cruche de grès gris, à figures de femmes en relief. XVIᵉ siècle.

123 — Tableau : Léda, dans un cadre doré.

124 — Portrait de femme et une aquarelle.

125 — Groupe en bronze argenté, d'après Clodion : Faunesse et petit faune.

126 — Fusil de tir du XVIIIᵉ siècle, à monture incrustée de plaques d'argent ciselé.

127 — Canne de jonc à pommeau d'ivoire sculpté, di-

visé en quatre arceaux gothiques abritant des figures allégoriques des Saisons.

128 — Tableau exécuté en soie de couleur et en soie peinte. XVIIᵉ siècle.

129 — Trois pièces : bas-relief en bronze ciselé : Souverain sur un char, provenant d'un meuble, et deux chapiteaux.

130 — Médaillon en bois sculpté et découpé à jour. Travail gréco-russe.

131 — Tabatière et pulvérin en buis sculpté.

132 — Deux pièces : boîte ronde en ivoire avec miniature, et dessus de boîte en agate, incrustée d'or et de burgau.

133 — Deux pièces : gouache : Vue de Venise, et écrin à couvert en cuir gaufré et doré.

134 — Trois bandes de dentelle métallique et un petit carré de damas blanc brodé.

135 — Grand carré de soie crème brodée, en chenille et au passé, et représentant l'Hyménée. Époque Louis XVI.

136 — Plateau en tôle peinte, à décor chinois.

137 — Deux pièces : coupe en Chine moderne sur pied en bois, et presse-papier : Enfant, en bronze, sur plinthe en marbre vert de mer.

138 — Deux morceaux de broderie de soie blanche sur fond de soie crème.

139 — Statuette de Mercure assis, en bois sculpté, par Hering, sur socle rond en onyx d'Algérie.

140 — Autre statuette par le même artiste : Petit Faune flûteur.

141 — Horloge carrée en cuivre, en forme d'édicule cantonné de pilastres d'angles, et surmontée d'un dôme ajouré. XVIIe siècle.

142 — Deux Christs en ivoire du XVIIe siècle.

143 — Ornements et Christ en ivoire.

144 — Vitrail ancien circulaire : le Christ, la Vierge et saint Jean.

145 — Sceptre en laque rouge de Pékin.

146 — Quatre pièces : soupière en étain, coupe en bronze, tortue en serpentine et coupe rectangulaire en marbre sur socle en bois doré.

147 — Pendule en forme d'arc de triomphe, en marbre blanc, garnie d'appliques et de moulures en bronze ciselé et doré.

148 — Horloge de bureau, carrée, à cadran horizontal, en cuivre gravé et doré du XVIIe siècle.

149 — Petite pendule en bronze doré, de style

Louis XVI ; socle garni de plaquettes en porcelaine décorée.

150 — Échelle de peintre, escabeau, deux chevalets, deux petits mannequins articulés en bois, plusieurs boîtes d'aquarelle, buffet-vitrine en acajou.

151 — Mannequin (homme), grandeur nature.

152 — Cadre italien en bois sculpté et doré, à larges feuilles et oiseaux.

153 — Cadre ovale sculpté Louis XIV.

154 — Deux cadres ovales Louis XVI.

155 — Cadre à canaux.

156 — Quatre cadres contenant une suite de vignettes d'illustrations.

ÉTOFFES

157 — Robe Louis XV, brochée à fleurs et rayée de blanc et de rose sur fond jaune.

158 — Habit et gilet Louis XV en taffetas changeant à raies, violet et vert bronze.

159 — Corsage Louis XV, fond rose broché à fleurs.

160 — Collerette à la Médicis de théâtre.

161 — Lot de franges en passementerie.

162 — Plusieurs lots de coupons d'ancien velours rouge, vert, etc.

163 — Lot de galons, dentelles et passementeries métalliques dorées et argentées.

164 — Plusieurs lots de rubans et galons anciens en velours et en soie.

165 — Lot de satin crème, brodé en chenille. xviie siècle.

166 — Couvre-lit en toile et guipure. xviie siècle.

167 — Deux pièces de toile brodée en soie de couleur.

168 — Entredeux en guipure ancienne.

169 — Paire de gants en guipure Louis XIII.

170 — Casaque et jupe de soie Louis XV, à fleurs brochées en couleur sur fond jaune.

171 — Robe de lampas Louis XV, à dessin en couleur sur fond violet.

172 — Tapis formé de carrés de toile et de guipure.

173 — Cinq morceaux d'ancienne soierie et deux bandes à franges anciennes.